KB160013

황금의 책

황금의 책

1판 1쇄 인쇄 2023년 6월 19일
1판 1쇄 발행 2023년 6월 28일

지은이 | 최승호
발행인 | 홍동원
발행처 | (주)글씨미디어

주소 | 서울시 마포구 월드컵로8길 61
전화 | 02)3675-2822 팩스 | 02)3675-2832
등록 | 2003-000441(2003년 5월 13일)

ISBN 978-89-98272-57-9

황금의 책

최승호

책머리에

우화는 어리석게 살아본 사람이 잘 쓸 수 있다고 생각한다. 슬기롭지 못해서 후회스런 인생을 살다가 뒤늦게 찾아오는 깨달음을 이야기하고 싶었던 사람이 이솝Aesop과 장자莊子 아니었을까.

<눈사람 자살 사건>에 이어 두 번째 우화집 <황금의 책>을 낸다. 이 작은 책이 고정관념을 깨뜨리는 벼락이 되고 어리석음을 부수는 망치가 되었으면 좋겠다.

세상이 빠르게 변하면서 글에 대한 사람들의 생각도 바뀌는 것 같다. 그러나 변하지 않는 것이 있다. 이야기는 재미있을수록 좋고 글은 짧을수록 좋다.

2023년 여름

최승호

차례

처세술을 가르치는 여우

처세술을 가르치는 여우가 있었다. 달변과 재담으로 그의 인기는 치솟았고 유명해지자 부가 따라왔다. 부유해지자 그에게는 작은 권력이 생겼다. 권력이 생기자 그는 교만해졌다.

짧은 세월이 흘렀다. 그가 철 지난 처세술을 가르친다는 소문이 퍼지면서 그는 잊혀지기 시작했다. 거드름과 교만으로 그의 주위에는 이미 아무도 없었다. 남아 있는 것은 돈이었다. 돈으로 자신의 존재를 과시하느라 돈 쓸 때마다 그는 큰돈을 썼고 잠깐 사이에 재산은 거덜이 났다. 마지막으로 남은 것은 눈보라처럼 몰려오는 회한이었다.

세상으로부터 잊혀진 여우, 우리가 모르는 은둔의 땅에 외로운 여우가 산다.

펭귄 공동체

처음에 한 외로움이 있었다. 그리고 두 외로움, 세 외로움, 네 외로움이 있었다. 외로움이 뭉치면 덜 외로울 거라는 생각에 펭귄들은 뭉치기 시작했다. 백 마리의 외로움, 천 마리의 외로움, 나중에는 수십만 마리의 외로움이 뭉쳐서 구름떼 같은 펭귄 공동체를 이루게 되었을 때 뭉쳐지지 않는 것이 있었다. 그것은 외로움이었다.

누구시오

“너 자신을 알라.”

그렇게 말하는 철학자도 자기가 누군지 잘 모른다.

존재의 이유

왜 사는지 모른다. 하지만 끈질기게 사는 생명체가 있다. 곰벌레. 이 놈은 섭씨 151도의 펄펄 끓는 물 속에서도 산다. 영하 273도의 극한의 추위 속에서도 산다. 그런가하면 몸의 수분을 빼내 말라빠진 미라처럼 7년을 지내다가 다시 살아났다는 기록이 있다. 정말 끈질긴 생명체다. 그런데 왜 사는지 모른다.

나체국

무소유를 숭상하고 실천하는 나체국 사람들은 실오라기 하나 소유하지 않았다. 왕의 설법은 간결했다. “우리는 알몸으로 왔다가 알몸으로 간다. 주머니 없이 살자. 빈 손으로 왔으니 빈 손으로 가자.”

나체국 왕은 늘 나체였다. 왕비도 나체였고 왕자와 공주도 나체였다. 백성들도 다 나체였다. 부끄러움은 어디에도 없었다. 껴입어야 할 거짓이 없었고 옷으로 가려야 할 진실도 없었다. 그들이 싫어한 것은 구름과 안개였다. 벌거숭이 눈부신 태양을 가리는 너덜너덜한 구름들과 자욱한 안개.

장미를 훔치는 도둑

장미도둑이 장미에게 말했다.

“아름다움을 감춰야지 이렇게 다 내놓으면 어떡하냐.”

장미가 도둑에게 말했다.

“난 대담한 자들이 좋아. 가시에 찔려 피를 흘리면서 아름다움을 훔치는 자를 사랑하지.”

현타

현타(현실자각타임)가 왔을 때 타조는 자기의 굵은 허벅지를 보았다. 날개가 있어도 몸이 너무 무거워서 날 수 없다는 것을 알게 되자 타조는 비애로웠다.

슬픔은 날개에서 오고 불행은 머리로부터 온다.

머릿속 생각들을 떨치기 위해 타조는 뛰기 시작했다. 날개를 떼어버릴 수는 없었지만 흙먼지 같은 생각들을 날려버릴 수는 있었다. 황야를 가로지르는 외로운 마라톤 선수처럼 굵은 다리로 달리는 타조 곁에 같이 뛰는 타조 그림자가 있었다.

줄 없는 거문고

처음에는 질투심 많은 줄이 떠났다. 다음에는 자기가 제일 잘났다고 우쭐거리던 줄이 떠났다. 그 다음에는 다른 줄을 헐뜯던 줄이 떠났다. 그 다음에는 무소속의 영혼을 그리워하던 줄이 떠났다. 떠나는 줄들을 보면서 앞날이 막막한 줄도 떠났다. 그리고 마지막에는 혼자 남아 있던 줄이 떠났다.

절필 선언

절필을 선언한 문어文魚가 있었다. 다시는 글을 쓰지 않겠다며 글썽이는 그의 눈에서는 먹물이 흘러내렸다. 기자들 앞에서 절필을 선언한 그는 작품보다 절필 선언으로 더 유명해졌다.

몇 해가 지났다.

혀의 언어와 글의 언어는 다르다는 듯이 그는 슬그머니 작품을 발표하더니 책까지 냈다. 절필 선언 취소, 그런 기자회견은 없었다. 기자들이 그의 작업실을 찾아가 물었다.
"절필을 선언했잖아요?"
"아. 그건 내 첫 번째 절필 선언이오. 그때 난 글 쓰던 발모가지 하나를 잘라버렸소. 아직도 내겐 일곱 개의 발이 더 남아 있소."

웃는 올빼미

모든 일에 낙천적이어서 늘 웃는 올빼미가 있었다.
하루는 꿩이 황급히 날아왔다. 사냥꾼들이 자기를 쫓아온다는 것이었다.
웃는 올빼미가 말했다.
"사냥꾼들을 이해해라. 세상에 이해 못 할 일이 무엇이 있겠니."
말을 마치자마자 화살 두 대가 날아와 웃는 올빼미 뺨에 박혔다.

멍게 삼형제

그냥 멍때리면서 멍하게 사는, 멍게 삼형제가 있었다. 멍게, 돌멍게, 비단멍게, 눈구멍도 없이 늘 멍삼매三昧에 빠져 있는 멍게들을 불쌍하게 여긴 게들이 집게발로 눈구멍을 두 개씩 뚫어주자 삼형제가 한 시간도 안 돼 죽어버렸다.

해를 사랑한 해바라기

해가 자기만 바라보고 사는 해바라기를 나무랐다.
"너는 바라는 게 너무 많아. 꽃을 바라지 씨를 바라지 대대로 해바라기 가문이 이어지기를 바라지."
"저는 해가 아니잖아요. 아무것도 바라지 않는 해가 아니잖아요."
"아무튼 나는 너랑 결혼하지 않는다."
"저도 영원한 사랑을 바라는 게 아닙니다."

독도새우

독도새우는 자기가 어느 나라 새우인지 모른다. 터키옥새우도 마찬가지지다. 자기가 터키 새우인지 그리스 새우인지 관심이 없다.

새우들은 애국자가 아니다. 애국의 희생자가 될 뿐이다. 수염을 길게 늘어뜨리고 접시 위에 모로 누워 있는 애국의 희생자, 독도새우.

노예개미

일만 하는 노예개미들이 있었다. 그들은 기계적인 걸음걸이로 긴 행렬을 이루며 일을 하고 있었고 기계적인 턱으로 땅을 두드리며 왕개미의 명령을 전달하곤 했다.

노예개미들은 누가 죽어도 슬퍼하지 않았다. 노동에서 해방된 시체를 납처럼 딱딱한 눈알로 지켜볼 따름이었다. 노예개미들은 죽음을 두려워하지 않았다. 왜냐하면 왕개미가 다스리는 개미제국에서 죽음은 한낱 노예세포의 죽음에 불과했기 때문이었다.

의무의 희생자인 줄도 모르는 채 노예개미들은 태어나고 늙고 병들어 죽어갔다. 죽음은 숫자에 불과했다. 333333이든 666666이든 아니면 999999999이든 노예개미에게 죽음의 숫자는 제로, 아무리 더해도 제로인 제로들과 다름없었다.

어떤 회사원은 이렇게 생각할 것이다. 죽음이란 나를 놔두고 다른 개미가 출근하는 것이다.

임꺽정의 걱정

임꺽정은 걱정이 많은 백성이었다. 그는 탐관오리들로 들끓는 나라를 걱정했다.

임꺽정이 나라를 걱정할 때 주제넘게 나라를 걱정하는 임꺽정을 나라는 걱정했다. 나라가 임꺽정을 죽이자 나라의 걱정이 하나 사라졌다. 임꺽정이 죽자 임꺽정의 모든 걱정이 사라졌다.

지금은 그 누구도 임꺽정을 걱정하지 않는다. 조선 오백년을 걱정하는 백성도 없다.

보석을 물고 오는 올빼미

어떤 노인이 덫에 걸린 올빼미를 구해주었다. 그러자 올빼미가 말했다. “사람은 은혜를 원수로 갚는다고 들었습니다. 그러나 저는 은혜를 은혜로 갚겠습니다.”

다음 날부터 올빼미는 노인의 집으로 금황색 보석을 물고 날아왔다. 그것은 ‘호랑이의 혼으로 뭉쳐진 보석’으로 알려진 호박琥珀이었다. 비단벌레 화석이 들어 있는 금황색 호박들.

얼마 지나지 않아 노인의 방은 금황색 호박들로 장식되었다. 올빼미는 보석들이 널려 있는 숲속의 호박동굴에 살고 있었던 것이다.

진실기록관 BC 2023년

진실을 기록해 둔 책을 좀벌레들이 먹어치우는 것은 책이 종이로 되어 있기 때문이다. 지금은 진실을 다이아몬드 덩어리에 기록하기 때문에 좀벌레들이 얼씬거리지 못하지만 너무나 많은 진실들이 이미 좀벌레들 때문에 사라졌다. 세상에 남아 있는 것은 진실의 찌꺼기인 듯하다. 그것마저도 잦은 화재로 진실기록관은 여러 차례 잿더미가 되었다.

번데기 트럭

트럭마다 한 마리씩 거대한 번데기가 실려 있었다. 웅크린 번데기들을 싣고 트럭들의 행렬이 대평원을 가로지르고 있었다.
"무슨 일인가요?"
사람들이 길가에서 웅성거렸다.
"저 번데기들은 뭐죠?"
"유전자조작 풀을 먹은 애벌레들의 성충이랍니다."
"어마어마하게 큰 나비들이 번데기에서 나오겠네요."
"나비가 되기 전에 쓰레기가 되겠죠. 저 트럭들 쓰레기 트럭 아닌가요."

인어 분류법

불필요한 분류로 인해 세상이 잘게 쪼개지고 생각들이 산산조각 난 지도 오래되었다.

분류에 관심이 많은 어떤 사람이 어류학자에게 물었다.
“인어는 어류인가요 아니면 포유류인가요?”
어류학자가 말했다.
“젖꼭지가 없으면 어류지요. 젖꼭지가 있으면 포유류입니다.”

초록인간의 여름과 단풍인간

그 초록인간들은 여름에 하나같이 초록색이었다. 그러나 가을이 되자 초록 물이 빠지면서 자기 색깔을 드러내기 시작했다. 단풍인간들은 다양했고 다채로웠다. 노랑, 빨강, 갈색 등등 온갖 색깔을 띠었고 그 색마다 스펙트럼이 있었다.

겨울이 오자 단풍인간들은 보이지 않았다. 눈이 내렸고 갈색털 여우는 어느새 하얀 북극여우로 변해 있었다. 북극곰들이 눈더미 속에서 긴 겨울잠을 자고 있었다. 봄이 오려면 하늘에서 수많은 눈송이들이 봄을 기다리는 나비들처럼 내려와야 할 것 같았다.

소금의 한 친구

바다와 하나가 되고 싶은 소금과 모래가 있었다. 소금은 녹아서 바다와 하나가 되었으나 모래는 녹지 못해 바닷가에 남아 있어야 했다.

소금이 그리운 날 모래는 바다를 바라보곤 했다. 그리고 소금이 보고 싶을 때마다 바닷물을 살짝 찍어 혀로 맛보았다. 짠 놈!

소금은 바다가 된 뒤로 동사로 변한 것 같았다. 소금은 출렁거렸고 너울거렸고 그 어디에도 머물지 않으면서 흘러다니고 있었다.

파도가 밀려오는 오후 세 시의 모래톱, 바다와 하나가 되지 못해 우두커니 바닷가에 남아 있는 소금의 한 친구가 있다.

왕벚나무 꽃 필 때

탕아는 건강하고 잘 생긴 청년이었다. 일찍이 방탕으로 젊은 날을 탕진하고 돈 한 푼 구걸하는 꾀죄죄한 거지가 되어 고향 마을로 돌아왔을 때 그를 부둥켜안으면서 반갑게 맞이해줄 부모는 없었다. 미워하는 사람도 없었다. 옛날에 알던 사람들은 모두 묘지에 잠들어 있는 것 같았다.

낯선 자가 나타나자 마을의 개들이 사납게 짖어대고 있었다.

모든 게 낯설었을 때 그래도 그를 화사하게 맞이해 준 것은 아름드리 왕벚나무 꽃들이었다.

벌레재벌

벌레재벌로 알려진 새가 있었다.

벌레들이 넉넉한 숲으로 뱁새들이 날아왔을 때 벌레재벌은 뱁새들이 마음껏 배를 채우도록 그냥 내버려두곤 했다. 벌레재벌은 너그러웠고 얼마나 검소했는지 재산이라곤 앙상한 나뭇가지로 지은 집 한 채가 전부였다.

벌레재벌이 죽자 나타난 벌레재벌 2세는 부친과는 영 딴판이었다. 얼마나 좀스럽고 인색하게 가난한 뱁새들을 구박했는지 친자가 아닐 거라는 소문이 돌고는 했다.

다시 벌레들이 우글거리는 여름이다. 벌레재벌 3세들이 알에서 나오려고 발버둥치는 중이다.

전학온 물고기 눈뿔다고

그 물고기 별명은 눈뿔다고였다. 눈퉁이가 늘 부어 있는 그 물고기는 누군가에게 자주 얻어터지고 뺨을 맞는 것 같았다. 어쩌면 눈뿔다고는 자기가 왜 얻어터지는지 모를 수도 있었다. 왜냐하면 눈뿔다고는 이사 온 지 얼마 되지 않았고 전학온 지도 얼마 되지 않아서 뭐가 뭔지 모르는 사이에 텃세에 둘러싸인 바보처럼 이미 왕따가 되어 있었으니까.

태극나방

태극에 빠진 어떤 사람이 있었다. 그는 '태극기 부대' 사람들에게 불만이 많았다. 왜냐하면 '태극기 부대'는 좌파에만 관심이 있지 태극에는 관심이 없었기 때문이다.

그는 태극나방에 관심이 많았다. 어떻게 태극나방은 자기 날개에 태극무늬를 그렸을까? 그 과정을 알고 싶었으나 태극연구소가 그것을 연구하지 않는 것에 그는 불만을 갖고 있었고 태극무늬 항공기를 띄우는 대한항공조차 태극에 아무런 관심이 없다는 것도 불만이었다.

그의 불만과 관계없이 고요한 밤의 숲속에서 태극나방이 날개를 치면, 밝은 달빛 속에서 너울너울 태극이 펄럭거린다.

아름다움으로 친해지기

똥커피의 재료가 되는 코끼리똥이든 원숭이똥이든 아니면 사향고양이똥이든 족제비똥이든, 땅에 떨어지면 누구의 것도 아닌 똥덩어리를 나눠 먹으면서 가까워진 똥풍뎅이들이 있었다.

똥이 지겨운 똥풍뎅이가 하루는 우리 이제 아름다움으로 친해지자며 자수정을 내놓았다. 그러자 똥풍뎅이들이 버럭 화를 내며 자수정덩어리에 침을 뱉었다.

바다이구아나들의 논쟁

파래의 색깔에 대해 바다이구아나들이 논쟁을 벌이고 있었다.

"파래는 파래."

"파래는 시퍼렇지."

"파래는 파랗습니다."

"푸르스름합니다."

"검푸르지오."

"푸르딩딩할 걸요."

"그만. 그만. 우리 이제 말 그만하고 파래 뜯으러 갈까요."

땅늑대거미

거미줄을 싫어하는 거미가 있었다. 끈적거리는 거미줄을 쳐놓고 먹이가 오기를 하염없이 기다리는 자신을 한심하게 여기는 거미가 있었다.

이슬비 내리는 날, 그의 눈에도 이슬이 맺혔다. 슬프다. 이제 나는 거미줄을 떠나야 한다.

거미줄을 벗어나 그는 처음 땅에 발을 내딛었다. 가진 게 없었지만 잃을 것도 없었다. 잃을 게 없자 두려움이 사라지면서 그는 자유로웠다. 사막을 달리는 푸른 늑대처럼 그는 바람을 가르며 가고 있었다.

길은 없었다. 그가 지나온 곳이 길이었다.

곤충학자의 아내

메뚜기볶음을 좋아하는 아내를 둔 곤충학자가 있었다. 그는 아내에게 메뚜기에 관한 이런저런 지식을 말해주었다.

메뚜기는 코가 없다.
메뚜기 고막은 뒷다리 허벅지 윗부분에 있다.
메뚜기도 뇌는 머리 안에 있다.

하지만 아내는 메뚜기에 대해 별로 알고 싶지 않았다. 오히려 메뚜기볶음의 고소한 맛을 모르는 채 하찮은 곤충 연구에 평생 뇌를 바치는 남편을 불쌍하게 여기는 것이었다.

돌미륵

왕이 바뀌자 그 나라에는 미륵이 필요치 않게 되었다. 돌미륵들은 골짜기에 버려졌고 세월이 흐르면서 그것이 미륵인지 돌인지 분간하기 어려울 정도로 미륵의 형상은 지워져갔다.

이끼 낀 돌미륵, 흔해빠진 돌덩이들과 뒤섞여서 팔다리 없는 둥근 알처럼 뒹굴고 있는, 돌미륵은 부서져 조약돌미륵이 되고 모래알미륵이 되어…… 별먼지미륵으로 돌아가고 있었다.

발명왕

자기가 최초로 전기를 발명했다고 주장하는 전기뱀장어가 있었다.

그러나 전기가오리는 전기뱀장어가 전기를 발명하기 훨씬 이전에 자기가 먼저 전기를 발명했다고 주장했다.

그리고 자기야말로 천재적인 발명왕이라는 것을 증명하기 위해 서로 사형집행용 전기의자를 서둘러 발명했다.

우울한 쥐며느리

“내가 왜 쥐며느리쥐? 당신 아들 아내쥐.”
우울한 쥐며느리는 자신이 시어머니로부터 구박받고 있다고 생각한다. 잦은 제삿일로 등이 굽은 부엌데기 쥐며느리는 그을음투성이 부뚜막 위를 기어가면서 중얼거린다.
“조선왕조 오백년이 왜 이렇게 끝나지 않쥐?”

몽구스와 뱀

가진 것 없는 뱀이 불쌍해서 돈을 빌려준 몽구스가 있었다. 뱀은 보름달이 뜨는 날 반드시 빌린 돈을 갚겠다며 울먹였다.

보름달이 세 번 네 번 떠올라도 뱀이 돈을 갚지 않자 몽구스가 뱀을 찾아갔다.
"원금만 갚아주세요."
"원금? 빌린 돈은 있지만 갚을 돈이 없네. 그리고 갚을 손도 없어. 돈 빌린 뒤로 이상하게 손이 없어졌어."
뱀이 뱀눈을 번들거리며 혀를 날름거렸다.

그 뒤로 몽구스와 뱀은 앙숙이 되었다. 만날 때마다 몽구스는 뱀을 물어 죽이려 든다.

개미의 독립 선언

다시는 개미 행렬을 따르지 않으리라. 그렇게 독립을 선언한 개미가 있었다. 행렬에서 벗어나자 그는 혼자가 되었고 숲속의 백수가 되었다.

백수가 된 뒤에 그는 자유에는 막막함과 심심함이 따른다는 것을 알게 되었다. 뭘 해야 하나 ?? ?? 물음표로 붐비는 생각들이 개미의 작은 머리를 괴롭혔다.

이마를 짚거나 뒤통수를 긁는 시간이 많아지면서 어느 날 개미에게 견딜 수 없는 외로움이 찾아왔다. 외로움은 그리움을 낳았고 그리움에 이끌려 숲속의 백수는 서둘러 산을 내려갔다.

개미 행렬에 다시 끼어들어 개미 걸음에 발을 맞추며 개미 행렬을 따라가는 개미 한 마리가 있다.

수박과 얼룩말

수박을 둘러싸고 얼룩말들이 웅성거리고 있었다.

"아니, 이거 누가 낳은 알이야?"
"얼룩망아지를 낳아야지 얼룩덜룩한 알을 낳으면 어떡해."
"이 알에서 임금님 나오는 거 아니니."
"맞다. 박혁거세도 알에서 나왔어."
"김수로 임금님도 알에서 나왔지."

"얘들아, 수박 먹자."
동물원 사육사가 칼을 들고 왔다.

모르쇠 사건

수사관들이 정말 난감해하는 사건은 이런 것이다.

시체는 있는데 죽은 자가 없다.

스님과 중생

암자 가까운 곳에 개복숭아나무 한 그루가 있었다. 그 나무에 앉아 노래를 부르는 꾀꼬리를 볼 때마다 스님은 꾀꼬리의 아름다움에 넋을 잃곤 했다.

개복숭아나무에는 진딧물들이 살고 있었다. 나뭇잎은 진딧물을 사육하는 개미들로 붐볐고 나뭇가지는 개미들을 잡아먹는 청개구리들로 붐볐다.

하루는 청개구리가 암자를 찾아가 말했다.
“스님, 꾀꼬리 너무 무서워요. 날아오지 못하게 해주세요. 우리 청개구리들을 마구 잡아먹습니다.”

중생들의 일에 무심했던 스님이 개복숭아나무를 바라보며 말했다. “저 나무가 살생과 탐욕 덩어리였구나. 꾀꼬리는 청개구리를 죽이고 청개구리는 개미를 죽이고 개미들은 또 진딧물의 달콤한 오줌에 취해 살고 있다니!”

다음 날 스님은 개복숭아나무를 도끼로 찍어 불태워버렸다. 도끼는 스님보다 무심했다. 일찍이 선악을 모르는 도끼만큼 정말 무심의 경지에 철저하게 다다른 스님이 없었다.

코끼리 띠

자기 나이를 말하기 싫은 사람한테 나이를 묻는 것은 실례이다. 이미 백두살인데 자꾸 나이를 묻자 그 사람이 이렇게 대답했다.

"나는 코끼리 띠요. 알겠소?"

그러고 나서 그는 길쭉한 코를 만졌다.

게들이 깨달은 것

바다를 정복하려는 게들의 무리가 있었다. 그들은 게왕의 명령에 따라 바다로 전진했으나 전진할 때마다 파도가 그들을 뭍으로 밀어냈다. 게들은 전진할 때마다 후퇴했다. 물거품을 뒤집어쓰고 나자빠지면서 그들이 뒤늦게 깨달은 것은 바다를 정복할 수 없다는 것이었다.

바다를 정복하자고 선동한 어리석은 게왕의 두 눈을 뽑아버린 뒤에 게들은 다시는 왕을 두지 않았다. 게들은 바다 앞에서 낮은 자세를 취해야 살아남을 수 있다는 것을 깨달았고 앞으로 나갈 것이 아니라 옆으로 걸어야 한다는 것을 깨달았다. 그리고 게왕의 눈알이 생각보다 너무 쉽게 뽑히는 것을 본 뒤로 게 눈을 얼른 몸속으로 감추는 법을 배웠다.

어부와 가마우지

어부와 가마우지가 함께 고기를 잡고 있었다. 가마우지가 잡은 큰 메기를 어부가 빼앗자 가마우지가 울었다.
“가마우지야 울지 마. 피라미 줄게.”
피라미를 얻어먹더니 가마우지가 이번에는 큰 잉어를 잡겠다고 강물 속으로 뛰어들었다.

수석채집가

징검다리의 돌 하나를 수석채집가가 가져갔다.

개울물이 흐르는 데는 문제가 없었지만 사람들이 징검다리를 건너는 데는 문제가 생겼다. 여름철엔 마을 사람들이 신발을 벗고 개울을 건너갔다. 그러나 겨울철이 되자 시린 발로 개울을 건널 수 없었다.

마을 사람들이 뒤늦게 징검다리에 관한 회의를 개최했다. 논의의 주제는 '수석채집가는 왜 징검돌을 가져갔을까'였다. 회의에서 나온 이야기들은 다음과 같은 것들이다.
"수석채집가가 가져간 돌은 잘생긴 돌이었을 겁니다."
"값비싼 돌이었겠지요."
"우리가 모르는 신성한 돌 아닐까요."
"그냥 돌덩어리를 돈덩어리처럼 등에 업고 훔쳐간 겁니다."

나무늘보학파

나무늘보의 제자들은 스승의 철학을 따를수록 자신들의 행동이 점점 느려지는 것을 느꼈다. 횡단보도에서 제자들이 교통사고로 사망하는 사건이 잦아지자 '느림의 철학은 죽음의 철학이다'라는 말이 세상에 퍼지기 시작했고 느림의 철학은 사람들의 관심으로부터 빠르게 멀어져갔다.

학자는 죽어도 학파는 남는다.

후세 사람들이 나무늘보와 그 제자들을 나무늘보학파라고 불렀다.

돌과 칼

돌은 칼로 사용될 수 있다.

본래 칼이 아니었던 돌멩이들을 모아서 돌칼로 쓰는 족장이 있었다. 극악무도하기로 이름난 돌칼족 족장은 돌칼부족을 이끌고 전장으로 나갈 때마다 마른 흙덩이 부족들을 멸망시켰다.

승리의 기쁨은 우두머리의 것. 정복이 끝나고 돌멩이들이 칼의 의무에서 해방되어 돌로 돌아왔을 때 그들은 족장이 왜 그렇게 마른 흙덩이 부족들의 멸망을 기뻐하는지 이해할 수 없었다.

멸망한 흙덩이 부족의 유령들처럼 마른 흙바람이 불어올 때, 돌멩이들이 뒤늦게 깨달은 것은 하나의 돌대가리가 수천 수만의 돌멩이들을 전장으로 끌고 갈 수 있다는 것이었다.

병든 황제

병든 황제는 불멸을 원했다. 늙지 않고 죽지 않는 의사를 불러오라고 신하들에게 명령했다. 그러나 병들지 않고 늙지 않고 죽지 않는 의사는 없었다. 장생불사長生不死 하는 신선神仙 같은 의왕醫王을 데려오라고 여러 차례 칙령을 내렸지만 그런 의사는 세상에 없었다.

임종을 앞두고 황제가 탄식했다.

"아, 정말 죽고 싶지 않다."

말을 마치고 황제가 죽었다.

웃는 일만 남은 해골

슬픈 일들은 모두 지나간 일이었다. 이제는 더 나올 눈물도 없었다.

돌이켜보면 우스꽝스러운 인생이었다.

텅 빈 해골이 웃고 있었다. 과거라는 발, 미래라는 손, 현재라는 가슴이 다 무너져버린 뒤에 홀로 나뒹구는 텅 빈 두개골. 입을 다물지 못하고 해골이 소리 없이 웃고 있었다. 아무런 할 일 없이 웃는 일만 남은 해골이 웃고 있었다.

꼽추노인과 앵무새

앵무새를 데리고 다니는 노인은 꼽추였다. 가슴이 움푹하고 등이 불룩한 키 작은 노인을 동네 사람들이 '앵무노인'이라고 부른 것은 꼽추노인의 어깨에 늘 앵무새가 앉아 있었기 때문이다. 달동네 비탈길을 오르내릴 때 앵무새는 가끔 노인을 떠나 슬레이트 지붕들 위를 날아다녔다. 그러나 금방 달동네를 다 구경한 것처럼 꼽추노인의 어깨 위로 다시 날아와 앉고는 했다.

꼽추노인이 여든 번째 봄을 맞이한 어느 날이었다. 노인이 며칠째 보이지 않자 동네 사람들이 노인의 집을 방문했다. 꼽추노인은 벽에 등을 기댄 채 방 한구석에 잠들어 있었다. 그의 움푹한 가슴에 처박혀서 앵무새도 잠들어 있었다. 둘의 몸은 싸늘했다.

새장 문은 열려 있었다. 모이통에는 좁쌀이 가득했다.

오목눈이의 후회

"후회는 후퇴하는 인생일 뿐이다."
정신과 의사의 말을 듣고 오목눈이는 다시는 후회하지 않기로 했다. 그러나 후회한다. 내 새끼도 아닌 뻐꾸기 새끼를 키운 걸 후회한다. 뻐꾸기 새끼는 나 몰래 내 아기들을 다 죽이지 않았던가. 친자 확인 유전자 검사를 마친 뒤에 오목눈이는 허탈감에 빠져 숲속에 앉아 있었다. 그때 뻐꾸기 어미가 사랑스런 뻐꾸기 새끼를 부르는 소리가 들려왔다. 뻐꾹 뻐꾹. 분노와 함께 다시 후회가 습격해 왔다.

나비 사냥꾼

아름다운 나비들이 향기로운 꽃 속에서 죽는 것은 꿀 때문이다.

꿀, 그 존재 이유는 유혹이다.

꽃잎으로 얼굴을 가린 나비 사냥꾼들이 향기로운 꽃 주위에
매복해 있다.

창백한 남자

시간이 거머리처럼 자기의 피를 조용히 빨아먹고 있다고 생각하는 남자가 있었다. 그의 미래는 미라였고 흡혈귀들조차 거들떠보지 않는 말라빠진 제물에 불과했다.

흡혈하는 시간에 대한 피해망상으로 그의 얼굴은 날이 갈수록 창백해졌다.

핼쑥해진 남자가 시계점 노인을 찾아갔다.
"시간을 죽여버리고 싶어요. 어떻게 죽여야 합니까?"
노인이 말했다.
"내가 시간은 죽여보지 못했지만 가만히 놔둬도 죽는 시계는 많이 보았지. 내 생각에 시간은 처치할 게 아니라 사용해야 할 그릇인 것 같아. 과거는 담지 말게. 지금을 담든지 내일을 담든지 그건 자네 맘일세."

창백한 남자가 그릇을 닮은 분홍색 시계를 하나 샀다.

개구리인간

개구리인간은 인간들이 진화에 진화를 거듭해서 양서류가 된 한 예에 불과하다. 땅 위를 두 발로 걷던 직립 영장류에서 네 발로 엎드려 걷는 양서류로 진화한 대표적인 예로는 두꺼비인간도 있고 도롱뇽인간도 있고 맹꽁이인간도 있다. 그들은 땅에서 네 발로 걷고 물에서는 네 발로 헤엄친다. 그들의 천적은 복제기술로 부활한 거대한 공룡들이다. 그중에서도 가장 무서운 것은 나노티라누스로 그 육식공룡의 이빨은 도끼나 낫보다 더 단단하고 날카롭다.

빈집털이 도둑과 이상한 고요

빈 집 마당으로 들어섰을 때 도둑을 마중 나온 것은 고요였다. 집안이 온통 고요였다. 마루가 고요였고 벽이 고요였고 천장이 고요였다. 이상한 고요와 문득 마주치자 도둑은 입적入寂을 앞둔 스님처럼 덜컥 겁이 났다.

빈집털이 도둑은 진짜 빈 집을 만난 것이다.

아무것도 훔치지 못하고 도둑이 텅 빈 집에서 나왔을 때 그를 찾아온 것은 슬픔이었다. 빈 손으로 왔다가 빈 손으로 간다. 도둑의 먹먹한 가슴을 후회가 할퀴고 지나갔다.

예언자

바바리 사자가 코뿔소들 앞에서 포효하며 말했다.
"시대착오적인 예언자는 지구의 멸망이 미래에 온다고 말한다. 그러나 나는 이렇게 말하겠다. 지구의 멸망은 과거로부터 온다."

사랑받지 못하여

나머지들이 남아서 슬퍼하고 있었다. 슬픈 나머지 화가 나 있었다.

"난 뭐지? 우린 뭐야?"

박쥐

어두운 생각으로 깊어진 구도자의 두개골은 동굴 같았다. 천장에 박쥐들이 거꾸로 매달려 마왕의 설법을 듣고 있었다.
"우리는 누군가의 두개골 속에 펼쳐진 환상이다."

상처받은 우렁이

밖으로 향하던 눈을 안으로 돌리자 우렁이는 우울했다. 내면의 벽에는 못들이 박혀 있었고 못마다 상처 입은 날짜들이 새겨져 있었다. 놀라운 것은 그렇게 많은 상처를 받고도 자기가 아직 살아 있다는 것이었다.

"내 상처는 아무것도 아니야. 도마에 비하면 내 상처는 아무것도 아니야."

우렁이가 다시 눈을 밖으로 돌렸을 때 바깥세상에는 가랑비가 오고 있었다. 우울로 끈적거리는 눈을 가랑비로 씻고 해묵은 항아리 같은 자아를 이끌면서 우렁이는 느리게, 아주 느리게, 지금 여기가 지옥인지 아닌지를 살피면서 더듬더듬 가고 있었다.

끔찍한 사랑

여왕의 끔찍한 사랑을 받는 고양이가 있었다. 고양이가 정원의 비둘기를 물어 죽여도 여왕은 고양이를 나무라지 않았고 연못의 잉어들을 잡아먹어도 여왕은 기특하다는 듯 고양이를 쓰다듬을 뿐이었다.

삼천년 세월이 흘렀다.

황금색 관 속에 누워 있는 이집트 여왕의 미라 곁에 미라가 된 고양이가 있다.

흑백쥐치

바닷가에 횟집들이 늘어서 있었다.
말쥐치들이 바다를 내다보며 가슴지느러미를 젓고 있었다.
수족관 한 구석에서 흑백쥐치가 울고 있었다.
"흑흑, 제발 나를 흑과 백으로 나누지 말아 주세요."

산미치광이와 사자들

“나를 죽이면 너도 죽는다. 내가 미쳐 죽기 전에 너희들이 먼저 미쳐 죽으리라.”

바늘을 세우고 부르르 떠는 산미치광이를 못 본 척하면서 사자들이 어슬렁어슬렁 황야를 걸어가고 있었다.

아귀

꿈속에서 아구찜을 먹고 있을 때였다. 시뻘건 양념덩어리와 콩나물을 걷어내자 아귀가 나타나 소리쳤다.
"이 아귀야."
식은땀을 흘리며 잠에서 깨어났을 때 아귀는 없었다. 입이 귀까지 찢어진 아귀. "이 아귀야." 그 소리만 귓속에서 오래도록 메아리치고 있었다.

믿음의 뼈를 뒤집어쓴 거북이

믿음으로 단단해진 거북이가 있었다. 믿음의 뼈로 거북이는 온몸을 감싸고 있었고 기쁨의 속살을 감춘 채 평화로운 나날을 보내고 있었다.

배신은 느닷없이 온다.

배신을 알게 된 날 거북이는 믿음의 뼈가 뒤집히면서 살이 뜯겨나가는 아픔을 느꼈다. 속살에 흐르던 기쁨의 피는 분노의 피로 변했고 사지는 슬픔으로 흐느적거리면서 떨고 있었다. 눈앞에 보이는 것은 눈물뿐이었다.

슬픔과 고통으로 핼쑥해진 거북이는 뒤늦게 자기가 본래 혼자라는 걸 깨달았다. 누구나 혼자 죽는다는 걸 일찌감치 깨닫게 해주려고 배신이 자기를 찾아왔다고 생각했다.

복수

독화살개구리의 복수는 자기를 삼킨 뱀의 뱃속에 독화살을 잔뜩 꽂아놓고 승리의 노래를 부르면서 고통스러워하는 뱀과 함께 죽어가는 것이다.

백정과 소

도살장에서 나오는 늙은 백정에게 까마귀가 물었다.

"당신은 얼마나 많은 소를 잡았습니까?"

"헤아려 본 적이 없소."

"도살장에는 아무 기록도 없나요?"

"없소."

"죽음은 기록해야 하는 것 아닌가요?"

"숫자가 무슨 의미가 있겠소."

"그럼 의미 있는 게 뭡니까?"

"한 마리 소지요."

"그 소는 지금 어디에 있습니까?"

"들소는 들에 있고 바다소는 바다 밑에서 바다풀을 배부르게 뜯어 먹고 있을 겁니다."

사물과 이름

사물과 이름은 같은 것이라고 생각하는 사람이 있었다. '불'이라는 말을 그는 평생 입 밖으로 내놓을 수 없었다. 불이라고 말하는 순간 두 조각 입술은 불에 타 재로 변해버릴 테니까.

인어의 익사체가 떠밀려오는 바닷가에서

"그 인어공주는 요즘 어떻게 지내시나요?"

"바쁩니다."

"여전히 바쁘시군요."

"화장할 시간이 없을 정도로 바쁘답니다."

"그 공주는 전에 남자 아니었나요?"

"아마 장군이었을 걸요. 별이 두 개였던가."

암초의 질투

암초는 난파선의 비명을 즐거워한다.

그것이 화물선이든 유람선이든 해적선이든 배들을 난파시키고 익사체들을 상어의 밥으로 남겨놓는다. 암초의 질투는 그렇다. 해골 깃발을 펄럭이며 칼에 피를 뿜는 외눈박이 해적왕의 잔인함 따위는 암초의 잔인함에 비하면 아무것도 아니다.

등대지기

등대지기가 하늘지기에게 물었다.
“하늘을 훔쳐가는 도둑이 없는데 왜 하늘을 지키시오?”
하늘지기가 말했다.
“등대를 훔쳐가는 도둑이 없는데 당신은 왜 등대를 지키시오?”

등대지기는 고래에 관심이 없다. 등대지기의 관심은 고래뱃속에 갇힌 사람처럼 아주 난처해진 사람들이다. 등대지기의 관심은 난파, 표류, 절망, 무인도에서 살아남기 등등이다. 풍랑 사나운 밤에 등대지기 노인이 기다리는 것은 하멜이나 로빈슨 크루소처럼 죽다가 겨우 살아난 사람이다. 처세술이나 점성술 서적으로는 도저히 살릴 수 없는 사람들.

고래 뱃속에서

사흘 낮 사흘 밤을 고래 뱃속에 갇혀 있던 남자가 말했다.

"저를 제발 육지로 데려다주세요."

고래가 말했다.

"고래는 택시가 아닙니다."

탕!

꼬리로 바다를 한번 내리치고 고래는 대왕오징어를 잡아먹기 위해 깊은 바다로 내려갔다.

큰일을 하려는 톱상어

톱상어의 주둥이는 톱이다. 톱날이 있어서 단단한 것들을 토막낼 수 있고 썰어버릴 수 있고 베어버릴 수 있다. 그러나 물을 베는 데 실패했다. 물렁물렁한 바다를 토막내 보려다 절망한 톱상어가 용왕님을 찾아갔다.

"어떤 게 큰일입니까?"

"큰일 하려다 큰일 난다."

"세상에서 가장 큰일이 무엇입니까?"

"탐욕이다."

"온 우주에서 가장 큰일은 무엇입니까?"

"허공의 뼈를 베어와라."

왕따당한 별

태양계에서 퇴출된 명왕성이 별자리에서 제명된 작은삼각형자리 별들에게 말했다.
“인간들은 이상해. 쫓아내도 그 자리에 있고 이름을 지워도 그 자리에 있는 우리를 왜 우주적 왕따로 만드는 거지?”

오해

말오줌나무 아래서 쉬고 있는 말 한 마리가 있었다. 주인이 자리를 비운 사이 지나가던 사람이 말을 나무랐다. “지린내가 코를 찌르네. 이놈! 다음부터는 나무에 오줌 누지 마라.”

말은 억울했다. 고개를 푹 숙이고 땅바닥을 내려다보고 있었다. 글썽거리던 눈에서 눈물 한 방울이 떨어지자 그 눈물에 얻어맞고 쓰러지는 개미가 보였다. 말은 얼른 발로 개미를 밟아 뭉개버렸다.

영문도 모르는 채 죽어간 개미, 오해의 희생자.

술꾼과 노숙자

어떤 노숙자가 길바닥에 잠들어 있는 술꾼을 깨워 집이 어디냐고 물었다. 술꾼이 횡설수설했다.
“생각 없는 곳이 내 집이야.”
막걸리 냄새를 풍기면서 술꾼이 다시 드러누웠다.

노숙자도 술꾼 곁에 드러누웠다.
별이 보였다.
문득 어린 날 부르던 노래가 생각났다.
“별 하나 나 하나, 별 둘 나 둘.”

커다란 낙엽 두 장처럼 술꾼과 노숙자가 어깨동무를 하고 길바닥에서 자고 있었다.

표현의 자유

꼬마가 풀을 하나 들고 마루에 앉아 있는 스님에게 왔다. 둘이서 풀을 매만지며 한참을 깔깔거렸다.

"이 풀 이름이 뭐라고?"

"중대가리풀이요."

"재밌네. 재밌어."

"스님, 중대가리풀이라고 불러도 아무렇지 않나요?"

"괜찮다. 괜찮아. 까까머리풀이면 또 어떠냐."

스핑크스 고양이

하루는 스핑크스 고양이가 생쥐들을 모아 놓고 말했다.
"재미난 수수께끼를 낼 테니 풀어봐라. 온 우주가 쥐뿔 속으로 사라졌다고 하자. 너희들은 어디서 나를 볼래?"

생쥐들이 얼른 머리를 만져 보았다. 쥐뿔이 없었다.

곰 할아버지

어린 곰에게 곰 할아버지가 말했다.

"어린이는 금방 젊은이가 된단다. 젊은이는 늙은이가 되지."

어린 곰이 물었다.

"늙은이는 뭐가 되나요?"

곰 할아버지가 말했다.

"흠, 늙은이는 허공이가 된단다. 허공이는 늙지 않아. 죽지도 않지. 이 늙은이는 머지않아 허공이가 될 거다."

허수아비

가슴 텅 빈 허수아비가 옷소매를 축 늘어뜨리고 들판에 우두커니 서 있는 걸 보고 농부가 물었다.
"오늘은 왜 춤을 안 추십니까?"
허수아비가 대답했다.
"내 춤은 저절로 춤이오. 바람의 춤이고 신바람의 춤인데 지금은 바람이 자는 것 같소."

나비의 꿈

낮잠에 빠져 꿈꾸고 있는 호랑나비가 있었다. 나비의 꿈속에서 길을 잃고 헤매던 장자와 이솝이 만났다.

"아직도 꿈속에 계십니까. 꿈 밖으로 나가셔야지요."

"꿈 밖으로 나가면 나는 없소."

"저도 그렇습니다."

얼음펭귄

그날 어린 왕자는 광막한 밤하늘에 홀로 서 있는 얼음펭귄을 보았다. 그것은 오래전에 그가 방문했던 별, 이제는 얼음뿐인 행성 지구의 모습이었다.

이 별에서의 이별

우리는 이 별에서 이별한다.
다른 별에서의 이별은 없다.

황금의 책

이름과 생년월일을 말하면 전생前生을 알려주는 기이한 노인이 있었다. "저는 전생에 뭐였습니까?" "자네는 전생에 서역西域의 도서관장이었네." 노인의 말을 나는 웃어넘겼다. 그리고 오래도록 그 일을 잊고 있었다.

<황금의 책>은 금의 기원, 황금의 제조, 황금 숭배, 그렇게 3부로 나누어져 있었다. 가장 먼저 없어진 것이 2부였다. 황금을 제조해 시장을 독차지하고 싶었던 연금술사들이 2부를 훔쳐 나눠 가진 것이었다. 황금의 제조, 그 내용은 탐욕으로 뜯어지고 또 찢어지다가 어디로 흩어져버렸는지 모른다.

그 다음에 사라진 것이 <황금의 책> 1부였다. 금의 기원에 관한 1부의 내용들은 왕비와 친했던 천문학자들이 나눠 가졌다는 설이 있다. 그래서 지금까지 금의 기원에 관한 여러 가지 학설이 있는 것이다. 금의 기원에 관한 모든 지식을 알고 있었던 사람, 그는 서역의 도서관장이었는지 모른다. 금의 기원에 관한 비밀은 그의 기억 속에 있다. 다시 말하면 <황금의 책> 1부의 기억은 서역에서 오래 전에 사라진 왕국과 함께 사막의 모래 밑에 파묻혀 있는 것이다.

마지막으로 사라진 것은 <황금의 책> 3부였다. 황금 숭배 부분은 종교에 의해 갈라지고 찢어졌다. 종교는 금을 숭배하는 것이 아니라 제각각 황금을 입힌 우상들을 숭배했다. 3부의 내용들은 우상 아래 쓰레기처럼 버려졌고 <황금의 책>은 껍데기만 남은 텅 빈 책이 되었으나 그것마저 지금은 행방을 알 수가 없다. 이것이 내가 그 책에 대해 말할 수 있는 전부다.

금의 다른 이름은 '순수'다. 금은 펴고 늘릴 수는 있어도 파괴할 수가 없다. 금 1g을 펼치면 3킬로미터 정도의 금실을 만들 수 있다고 한다. 내 영혼에 아직도 1g 정도의 금이 남아 있는 것일까. 1g의 순수, 1g의 영원성이 남아서 나는 이렇게 <황금의 책>에 대한 그리움을 말하고 있는 것일까.

그림 목록

그림: 아우구스트 마케
August Macke, 1887~1914